ひの石まつり

金堀則夫

思潮社

ひの石まつり

金堀則夫

思潮社

装幀　思潮社装幀室

目次

ひの石まつり

I

ひまつり

たいまつをもって
木木に積まれた木木に
たいまつの火をなげる
木が燃える　火は燃えあがる
火の中に人間でない亡き人たちがいる
人が火になって気勢をあげている
おもわずわたしというひとをなげいれる
わたしという生身のひとが

火になった人と火炎になって
そらにむかう
燐が真っ赤になって人の霊を蘇らせる
霊力の一線がそらに牽かれていく
わたしの霊は人でなく火にならないひと
わたしの霊はひになれないで
燻っている
わたしのひは見ることができない
聞くことのできない　ことばの出せない
存在感を失ったひが火に消されていく
人間になれない妄想のひとになっていく
ひまつりの亡き人とともに燃える火の中にいる
火は騒ぎ立てて
人が躍り上がる
弔う火炎の災いが浄化して消えていく

火の玉は
暗闇のそらに飛んでいく
人魂《ひとだま》の流れぼし
落下した悠久のところで祀られている
昔の隕石
そこに
わたしの生身のひがたつ
人の火炎にはなれない
そらとはつながらない
ただ燻り　燃え尽きない
ひとの火に妄想のわたしが焚かれていく
火まつりの火にやけた真っ赤な顔
わたしのひに燻った
黒い土塊にふせる

磐座《いわくら》

古い杜にやって来た
わたしを包み込む千古の厳粛な霊気はなんだろう
茂り立つ樹木からかもしだす生気
無数にさしだす枝　木の葉が陽をあびている
深閑としたなかに神秘なものを表している
境内であらゆることの葉が呼吸している
ことばの表出
わたしの心の霊で感じとらねばならない

樹々にからだをよせ　わたしの気を置くと
わたしの幻覚がことの葉に表れてくる
今を生きるわたしのことばで表さねばならない
地上には石ころが
固い口をあけて散らばっている
石に口がある
土いきれの口が石となって何かを発している
わたしのからだで感知しなければならない
あちらから　こちらから　ひろいあげる
意思をしっかり表さなければならない
わたしの目覚める口火となる
個々の石を　一つの意志として歩き始める
前方に急な石段
一段　二段と　無限に続いている
この階の空間は

生きる方向をみちびいている
何度も立ち止まり　諦め　断念をくりかえし
つまずきながらも意志を通していく
あの樹木の気迫と
石の口から発したいろんな感性を
こころの小石をつみあげて
いつしか巨岩となって空にそびえる
生きてきた魂が祀られる
その霊岩はおまえの妄想
心霊の疑似　払え切れていない邪気
森林深いこの石段をのぼり切っていなかった
崖っぷちの岩の口が意気を切らし
空につみあげたわたしの岩石は
さざれ石となってくずれ落ちていく
地上で石の口は

ことの葉は
土で塞がれていく

星祭り

地上におちてくるのは星であって
のぼってくる　月でも　太陽でもない
しずんでいく　月でも　太陽でもない
妙見宮の星をめざして　石段をのぼっていく
いきをきらして拝殿につく
鈴をならせば　なぜかカラ　カラ　カラとなりひびく
柏手を打つ音も　かわいている
からっぽのわたしのさだめをからかっている

わたしのもっている星宿と
妙見の見通す星
そのみちびきが　わたしのいしとなって
地上で　方向を見失っている
めざすわたしはおちていく
そらの星とからっぽの星が
どうなってはたらいていくか　もうわかっている
妙見の眼をかりるとも
もういきつくところはしめされている
星祭りに鈴をならす
するとカラ　カラ　カラとわらっている
わたしは　祈ってもかわらない
ぶちあたってもからぶり
からぶりは空をきって　あたりはしない
見上げる北辰星はもうすでに落ちている

妙見宮の隕石は　空をきったわたしの星
わたしのいしがのりうつっている
わたしでない　わたしの星
そらをみあげる　真昼のそら
わたしをみちびいているそらの星は
すでに地上に落下してしまっている
多くのひとたちのとらえどころのない星座が落っこちている
こんな星の下にうまれ
いつか先祖たちの星宿にかえっていく
大きないしになってしまった
こんなところでわたしはどこの石をみている
こんなちぎりのない場でなにをしている
空から　鈴から　石から
星が　カラ　カラ　カラとひびかせている
おもわず足元がぐらつき

わたしは石段から転げ落ちて
眼から星が飛び出している

非花《ひばな》の花根《かね》

からだのなかの
魂が火あぶりにされている
はげしいふいごの風に煽られ
心の芯が悲鳴となって燃え滾っている
まっ赤になったわたしが鉄敷《かなし》きにのせられ
うち叩かれ　火片が飛び散っている
パチ　パチとはねているのか
バチ　バチと鬼が云っているのか

トンチンカンと金槌でうつ激しいひびきで聞き取れない
わたしの裁きが始まっている
飛び散る火花は炎となって燃え上がらない
はしる湯玉もパッと消えて無になっていく
赤火のバチは不純ぶつとして吐き出され
血のバチは祖先から受け継いでいる
どこまでもトンチンカンとうち叩かれ
口から吐き出せない叫びが否になっていく
火でない非が　非である否が　飛び散っている
バツをうけるバチあたりがわたしの人生模様
魂の破裂で美しすぎる醜さがあらわにひらく
火の赤くはしる否の否の肯のあらがねがのこっている
心の悲が　自負の炎苦の湯玉になっている
水責めで固める　まだわずかに非の鬼が生きている
からだの鬼がまた火あぶりとなり　金槌で叩かれる

くりかえし　くりかえし　固まったわたしの業《ごう》のかたち
悠久の血からの煩悩はぬきとられ魂のない非命が出る
脆く固まったわたしでないものになっている
一体　これは何だろう
何を創り出したのだろう
何にもならない不用の塊がころがっている
六道の辻に放り投げられ　何処へ向かう
不可が錆びついて　剝がれていく鬼の出来損ない
どうなっていくのか　不可解な土に埋もれていく
わたしのしかばねの破片がいつしか花根《かね》となり
地中からも　血中からも掘り出せない
土中の鬼火が燃え出て無になっていく
永遠にひの粉のかねはあらわれない

かなの磐船

天野川をのぼると
木々の海から突き出ている
巨岩にぶちあたる
あの海から
あの空から
天降《あまくだ》った巨大な船首が聳える
あの頂きにのぼって　航海しよう
わたしは這いのぼりながら　すべりおちていく
すべりおちながら　またのぼりはじめている

からだがすりむけて　真っ赤に火照っている
とうとう逆さまになって
岩間の波におちていく
地下は　岩窟の深い底
巨石群がひんやりと
崩れないように石と石が支えあっている
ぼろぼろに剝がされたわが身
石と石の異界で
石が鉄となって迫ってくる
鉄の洞窟に押し込められ
息苦しい圧迫
石でない鉄の山をわたしは背負ってしまった
わたしは鉄の地獄に囚われている
鉄ががが身の皮を剝がし
鉄がわが身を削っていく

次のすき間におちれば
燃え滾る鉄の板に突きおとされ
あの燃える鉄の斧で身を裂かれ
肉も　骨も　髄も焼かれる
重い苦が科せられていく
船で運んできたものの善悪が
ここに潜んでいる
ものがわたしを黒縄に縛り付け
祀る天の船をひっくり返し
次の　火の底へと突きおとす
燃えあがる火の海
わたしは火の車にのせられ
いのちのつきないわたし
つきない苦
今も火に慄いている

赤鬼

はあとイキをかけ
ひを熾しはじめる
ふうふうとイキをふきかけ
へのへのもへじの顔がゆがみ
ほのおがあがる
ひょっとこ口がふいごの羽口
ふきこめば　ふきこむほど
真っ赤な顔と火玉

火の粉が片目をつぶす
ふいごを踏む片足
強く踏めば踏むほど
足のぐあいをわるくする
歩き方がこっけいで
かっこうは踊っている
火男のうごき
ことばにならないのりとで
金山彦のかみがあらわれ
もえあがる口気がみなぎっていく
叫ぶおまえのくうきがはやしたて
おもいのくうきがたかまる
おもいがもえあがる
ことばであらわそうと
へのへのもへじ

口がゆがみ　目玉はむきだし
鬼のつらになっていく
ひょっとこのおまえ
口ごもる魂の声
叫ぶふいごの口
いきだけがふきかかる
いきおいがハンマーで叩かれ
――叫ぶ　叩く　叫ぶ　叩く――
奇声がまわりに鳴り響く
言いはれないおまえの口は
おまえのふいごになってのりうつる
ひとだま　ことだま　みたまの
金山彦もわたしのおにびとなって
おどっている

唫《きん》

口に「きん」の金塊を
放り込む　かぎりなく
頬張る欲深い口
舌は　歯はとろけ
身は地獄に堕ちていく
わたしの口に「きん」ではなく
「かな」の鉄丸が放り込まれる

飲み込むこともできず
吐き出すこともできず
口のなかで　もごもごと何かを
言い出そうとしている
鉄の「失」はやじりの「矢」の「鉄」である
鉄は「人が弓」を射る「銕」である
かつての石鏃《せきぞく》・石弓が鉄のやじりに変わる
鉄鏃《てつぞく》の弓矢を手にしたものが
弓矢でひとを制覇したものが
王と哉《なり》「鐵」が鉄である
鉄の文字には殺傷力がある
鉄の「かな」
わたしの口のなかでどんなもじになる
もじのことばが言い出せない
創り出せない

もじの意味と音符が響かない
くりかえすことばが歯がゆく
口ごもる　耐え切れず
弓矢の入ったてつが
ひとにとびだし
ひとを射る
てつのことば
わが身をまもるため
ひとを矢で威嚇する
失墜の「鉄」
ひとは右の口をひだりにかえれば
口のまわりは玉で飾られ「釦《こう》」となって
わたしのまわりで連発銃が撃ちはなされ
大勢がさわぎたてる
わたしの「唫」は黙り込んでいく

「口」偏と「金」偏がかわるだけで
わたしの口は「否」とうごく
金のもじ

淦《あか》

かねが
どろ水になる
さびてアカ水になる
わたしの金《かな》とみず
清んでいるものではない
みずを忌むアカがわいてくる
しろがねを
にかわをといた水にまぜれば銀泥《ぎんでい》

くがねなら金泥《こんでい》
文字にかいてかがやいていく
くろがねは
みずにまぜればあか錆びていく
この地《じ》にうずまると
いつかはくずれて土になる
土に　さびに　アカに
水がまざり
ソコにある
金と水
日をあびた土からの光はなく
水は〈すい〉となって北へ　冬へと
地は遠くへ向かっていく
声に出さないと
文字にしないと

字では
くろがねは地にきえていく
カン　コン　カン　コン
叩かれ　音は消滅していく
字にかいた〈途〉を
どう声にすればいいのか
どうあらわせばいいのか
文字にならない
わたしの〈じ〉あわせ
生き様が浮いている
わたしのどん底
ソコに水がたまる
アカとなり　どろとなり
わが地となっていく

II

金鵄《きんし》

トビが
ぴいひょろろと
空から飛んでくる
野から飛び火があがる
なにがあったのか　おこったのか
火を飛ばす　とびひ
わたしに
火でないひがとびこんでくる

もえあがらない
くすぶる烽火《のろし》
ひとのひを呪い
わたしのひを呪い
のろしのとぶひがわたしのからだから
飛ぶ火となって野にあらわれてくる
飛ぶ火ののろしで
ひととわたしが
てのひらをあわせようとしても
よせあわせない空がひきあう
たがいのへだたりに弓をはりあう
のろしの火急で
野をおさめる天《あま》のカミが
征圧の弓をもつ
飛び火をはなつ弓に

ひかりかがやくトビ
カミの弓に舞い降りる
ひとののろいを
わたしののろいを
うちさばく
まぶしい天のひかりをはなつ霊鳥
ひののろいは畏れかしこまって
わたしは眩惑して野に伏せる

蓮花往生《れんげおうじょう》

ここが処刑場だったという
ひとには知られることなく隠匿している
裁くひと　裁かれるひと　突き殺すひと
その周囲にあつまるひと
ひとは何の力で動かされているのだろう
蓮花の台座にひとを乗せ
下から槍を持って突き殺す
悲鳴と　慟哭

太鼓と読経でうち消されている
立ち会っているひとびとの声
何も聞こえない　無言のまま
極悪人や殺人鬼の刑ではない
ひとのおこなう信念の抹殺である
大きな音と高らかな読経のなかで
非命を遂げなくてはならない
ひとの声にも耳をかたむけない
おのれをまもろうとしている
ひとはひと　崩れ落ちて滅びていく
槍を持たず　手をくださないで
命じ　裁き　おのれを勝ち誇っても
正しさも　美しさもない
ひとのおろかなおこない
顔も、名も出せない

この場をよみがえらせてはならない
この場を避けねばならない
慰霊の場をつくらせない
荒れ果てた草木にかこまれた
この場にわたしは立たされている
ひとがわたしに迫ってくる
わたしはわたしを裁きながら
おろおろと何も言い出せず　怖気づいている
ここで見たもの　ここで聞いたものを
持ち帰ってはならない
口に出してはならない
ふれてはならない
忌みきらう　たたりのおきて
沈黙が沈黙を埋没させている
わたしは茫然と黙禱している

逢坂《おうさか》

大きな坂がある
わたしのみつめる土の反逆
のぼってはいつもずり落ちている
坂の土はわたしの足跡をのこせない
わたしの先人の土くれが崩していく
足を取られながら坂を越さねばならない
越える応えは下へ下へ墜ち込む
うつむいたまま谷底へ向かっている

見上げる頂上はますます高く
上からの攻撃が襲いかかる
土豪にかり出された土兵はなにがなんでも
あの向こうにある坂を越さねばならない
思いは気迫とともに恐れに踏みにじられ
諍いの霊《ひ》は無言に埋もれていく
滅びのあの世と　かり出されたこの世
苦境の霊と出逢う大坂
坂の上の五輪塔
その向こうの山城
士《もののふ》の反乱
〈土〉も　〈士〉もそむいている
西日の落日か　明けの陽射しか
霊の口が口々に非を叫ぶ
五輪塔のとむらう口火を消す士の反撃

治める者か　治められる者か
破壊する供養塔　なぜか地輪だけが散乱する
逢坂の側道を車で行けば素通りできる
なぜわたしはこの旧道の坂にいる
のぼっても坂をふりかえると下り
向こうの坂を下っても　そこはのぼり
わたしの足はなくなってころころ転がる
どこまで行っても坂をめざしてのぼっている
わたしと古戦場
水も火も風も空もなくなっている
地輪だけが奥深い木蔭で数十基ころがっている
破壊のあと時代が変わり
土豪たちは地輪を寄せ集めた土台に
わずかに掘り出した五輪のちぐはぐな石で
塔をたて城主の墓とした

わたしの霊《ひ》はのぼり坂
のぼりきれない迷うものの有漏路《うろじ》
急坂は土のもつ力が干上がった
土の反《かえ》る干《ひ》だった

騑《ひ》

古代の地層から
一体の馬の骨があらわれた
生駒山麓・河内の土に　清らかな水に
馬を馴じませようとしたが
放出してしまった
忘れられていた馬守《まもり》神社がよみがえる

副馬《そえうま》の骨

あばら骨が非にみえる
どこの馬の骨だか
わからないわが身
人の骨
あばらが非になっている
頭蓋骨が手足をうごかす
この地で
血と肉となって生きる
わたしの素性
なしてもならずほろびていく
バカでかい馬
突然前足を上げ　あと足でたちあがる
覆いかぶさってくる
驚怖
畏れ敬う馬

いつのまにか
ひーひーと　いななきながら
ひとに非をのこして
豊かな牧へと力強く駆けていく
わたしとともに
ひとは非をつけて　おどけている
俳の骸骨
ひととあっては　はなれ
いつも非がのこっている

眼窩《がんか》

土の闇から
子馬の埴輪
ひかりをあびて
真っ黒な眼球があらわれる
精霊のかがやきが
じっとわたしをみつめている
粘土の輪をつみあげ
祈りの手が

子馬の眼と口と耳を象る
素焼きの土と砂
奥深い空洞を形づくる
からっぽはくらい
くらい眼球がみつめる
かたりかける
ひかりが入っていく
大きく開いた眼
とじることはない
死者に優しく見開いている
あの世とこの世
今　ここにあらわれる
土中にうずもれた
わたしの肉体は腐敗し
だれかわからないしかばねの

おちこんだ眼は見当たらない
奥深い空洞は
からっぽの乾いたむろ
土と砂がおまえを白骨にする
無の陥没
あの世も　この世もない
わたしの空洞
白っぽく　弾き出され　輝きもない
古代人のねった土と砂
空洞の埴輪
わたしと向かい合う
子馬の黒い眼、黒いくちは、黒い耳の穴
奥深い空洞にひかりが入っていく
いまも生きている

坪打《つぼうち》

泥をかぶる
たたかれ　こねられ　ねじられても
粘り気のない
気の抜けたもろい土
のばして輪積みする手に壺ができる
わたしの殻
火をかぶると
水気は炎となってもえあがる

壊れそうな土の殻
焼かれ　乾き　囲っている
そこにわたしがいる
わたしの砦

遺跡から
縄文の火焔土器か
そこに　先人の気が沈んでいる
両手で持ち上げ　ひかりにてらせば
土気が輝き　華やかな炎があがる
古代の生きる尊厳
わたしのつみあげた
殻の壺は消え去ってしまったが
火をかぶればよみがえり
あのとき　うずもれていた

遠い　深い　気炎
燃えあがらない
わたしの殻
生きるつぼもない
わたしの生きるつぼ
さかさになって塞がり
ぼつの墓穴を掘る
つぼ打ちになっている
土を放り出せ　もっと　もっと放り出せ
地の深いくぼみ　ひ形の壺
そこに
火をかぶるわたしがいる

＊坪打　墓穴を掘る人。

非がおこる

土からあらわれた
古代の石器や土器や木器が個として固まる
わたしが手にしたら　ときがくずれて
今があらわれる
石と石がかちあえば　火花がちり
木と木が　摩りあえば　くすぶり
火がおこる
土は練りかため　火に焼けば　火を囲む
この手で

石も　木も　火をおこす
火を見たら　非と思え
炎には焦熱と破壊がついてくる
わたしの手に魔物があらわれる
この地に運ばれてきた
二上山のサヌカイト
石鏃や多くの砕石や剝石が見つかる
ナイフ形石器を手にしながら
鉄塊や鉄かすを見る
わたしの手に
遠くの海からわたってきた
鉄の素材
土で囲った火で鉄を溶かし
石より　木より強いものに
叩き　鍛えあげる

鋭く　土を耕し　木を削り
生き物を殺傷する
わたしの手に陽が燃え
陰の非が燃え
その炎のなかで
鉄はあらゆる機械をつくっていく
ものからひとへ
ひとからものへ
陽と非が使われていく
そして今　鉄ではない
巨大なエネルギーを見つけ
ものが動いている
その反応から
見えない　無臭のものが
非をおこしている

鏃《やじり》

高野槙《こうやまき》の木棺から
伸展葬の人骨があらわれた
一体の骨　土にかえれずさらけだしている
胸のあたりに石の矢じりが十二本
鉄の矢じりが一本
集中して突き刺さっている
一本の鉄鏃が最初の致命傷となったか
あとの止《とど》めとなったか

矢じりのなかの一本の鉄鏃
稲作づくりの手には鉄の農具
みんなで働くムラができた
矢を射られたのはムラの首長
その眼は　奥深く落ち込んでいる
暗闇の底からなにも見えない
見えないところから
わたしをじっと見つめている
急に人骨は立ち上がり動き出した
千九百年前に向かって
いや　明日という未来に向かって
いや　わたしのからだに向かって
人骨が入り込んでくる
あらそいのなかの
しおきが胸に集中して突き刺さっている

わたしの胸にも矢じりが無数に突き刺さっている
そして　もう石の矢じりとはちがう
鉄砲が　爆弾が地底から　天空から
わたしを攻撃する
過去からは　未来からは　逃れられない
わたしのからだにある骸骨の口から
なぜわたしなのだ
いや　わたしじゃない
わたしとおなじ叫びが
人骨から聞こえてくる

Ⅲ

土殺し

土を土で囲み
水を引いて水田に築き上げる
土と土、水と土、その均衡が
畦の雑草とともに田を守ってきた
先祖の水稲耕作
土壌の囲いが田地なのだ
今、田は　雑草が一面に生い茂っている
地上の土面にそれぞれの草の茎がのび

十《塔》が立つ
土を逆さにすれば
地下に根がたてよこと十《自由》にはびこる
土の上にも下にも土の十字《従事》の幸となる
草の生育する気迫があふれている
その気力でかつては　苗が、稲が、穂が……
草を押しのけ　いきいきと黄金に実っていた
農は、草刈りから始まる
雑草のなかに分け入って
土を踏んで
両手をひろげ　わたしは十になる
雑草からの生気を全身にうけながら
足元がぐらつき　土着できない
木偶の坊
ひろげた両手はおどけた案山子

わたしは茫然となる
今さら　鎌をもって草刈りはできない
畦を潰し　水田を放棄してしまった
池からの水の流れを断ち切ってしまった
雑草の休耕田
農を受け継ぐものはだれもいない
もう親たちの農地は　手放すしかない
新たな土地開発
建造物や
コンクリートでふうじこめられてしまう
土は　呼吸もできず　水もとれず
風もなく　陽も浴びない
ひとの手で　わたしの手で
地獄責めにしている

土まつり

田の中に僅かな草の城
秘匿の土饅頭《どまんじゅう》か　田の神か
触れば祟りがあるというだけの
畏れと雑草が埤《ひめがき》をつくる
受け継いできた禁忌を破って
水田を圧して塞ぐ
草の城は畳一枚の広さ
地を鎮めるお祓いで

侵す己《おのれ》の身をまもる
縁石《ふちいし》をめぐらし白い丸石を敷く
水神《すいじん》の石の巳《み》がとぐろを巻いている
草の根がはびこっている
幾代の土を巳に託す
秘めた由来はもうすでに
乾《ひ》になって天と結ばれる
己はただ土の畏怖に怯える
水田は己の力だけでは耕作できない
土の己は圮《ひ》になって土が崩れる
土の巳は圯《い》になって土の橋わたし
土の耕す人のいのち
己のある巳が坤《つち》を生かす
巳の中のある己の身
土を圧した上で今を生きている

土の埋没
彷徨《さまよ》う土と水の霊《ひ》
秘めた畏怖をお祓いで
人は棄てていく

埋める悪水

海抜０メートル　流れにのれない川がある
水稲耕作を捨ててしまった草の土手は
氾濫をくい止めるコンクリートの護岸壁となる
高さは　捨てた罪の深さを囲う監獄の塀
巨大な遮りが眼前にあらわれる
わたしの歩く道から川面も向こう岸もみえない
坂をのぼり　塀の高さに架かる
橋の欄干からやっと川がみえる

かつての川は人の手で埋没されている
浮かぶ水の腐敗は　どこへ向かえばいいのか
迷い続けている
あの浅く広い池が新田開発で一本の川となり
そこから張り巡らす井路《いじ》が田に水を配していた
遠くからこの低地に集まってくる水
すべて水田におさまっていた
水のいのちが土のちからが陽をうけ苗が育っていく
水のいのちが土のちからが田に満たされていた
あの広大な池が水田となり稲穂がかがやいていた
あの水田が　井路が埋め尽くされ
先人の川の　あばれる大蛇も　水神さんも
流れる水も　どこかに消えてしまった
水田は埋められた地底でじっとしている
この川底にわたしも沈んでいる

欄干に立ち尽くす　このわたし
沈んでいるわたしのもとに
さあ飛び込んでみろ
おまえの流れる川筋はどこにもない
川底で呼吸のできない泥となっていくだろう
ひ涸びたからだが欄干で固まっている
護岸壁の絶壁が川水からわたしを遮断している
深い恐怖はしっかり地を固めている
見えない土と水を圧している
土と水のちからは　時々　自然の驚異に耐え切れず
地から噴き出し　決壊している
先人の川は　水田は　もとによみがえることはない
一体　わたしはどこにいるのかわからない
すでに
あの大蛇に呑み込まれていたのだ

＊悪水は排水のこと。 ＊井路は用水路。

土墳

土が
草木の根をたべて
わたしのからだのかたちで
眠っている
少し涙ぐんだのか
土の湿り具合が
からだとなっておきあがり
掘り出していくと

土のミイラがあらわれる
わたしではなく
わたしのからだにある
はかりしれない
永遠の砂
乾ききった粒子
いのちの種が
限りなくころがっている
水をやれば
こやしをやれば
ひかりをあたえれば
どこからか
ミイラは蘇ってくる
口から鼻から尻からの
腐敗はすべて燃焼され

瞑想している
女のからだから五穀がうまれた
そこまで掘って始まる
その手は　そこでとまってしまう
掘っても　そこまで
限りないもの
掘り起こせない土の底
掘りだす盛り土は
土の高さへとむかって
天と地が
じっとしている
いつの間にか　おのれの
からだに似合った
土饅頭《どまんじゅう》をつくっている

凬土

〈ひ〉を
ひっくりかえし
土にふせると
息苦しい土から
虫が入ってきた
逃げ出そうともがき出す
凬がおこる
凬は虫を追い払い

空へと飛躍する
わたしの
〈ひ〉をひっくりかえし
かぶるかんの虫
虫のおさまらない
かぶさった〈ひ〉を突き破る
かぜは
邪をもつ風邪となって
邪魔のなかにいる
どこからか
吹くかぜに
邪魔の
魔が追い出されていく
風の神
かぶったわたしをからにして

残骸を消していく
かつてはひっくりかえした
〈ひ〉に大鳥がいた
空のつかいだった
鳳《かぜ》の
大鳥は風化してしまった
善い
悪いの
どんなかぜも
それから
わたしに吹いてくる

今日《きょう》

亀の甲骨が焼かれ
あらわれるひびの模様
古代の卜《うらな》いの文字となって
吉凶のキョウのひびをみちびいている
みちびく裂け目がわたしの日々の兆し
いつも非々となって口からとびはねる
非　不　未……と負をかぞえる
その〆は　口から

跳べないさだめを背負っている
自然とのあらそい
ひととのあらそい
非道のみちもかわらず走っている
非と兆は似ている
排する　挑む
兆のみち
そこから逃げる
非のみちは非道となって
むごたらしい
ひとのみちではない
ひとのひそむ　非を囲う罪
背負う　ふ
先代の亀卜《きぼく》が今も生きている兆し
割れ目が刻まれている

背を見せて逃げていく
おまえの敗北
背骨のひび　原始も　今も
キョウがひびき合っている

ひびのほし

空から星が降《くだ》ってくる
わが村・星田に北斗七星が三所《みどころ》に降る
地にはそれぞれ影向石《ようごういし》となってあらわれている
そのあいだが八丁あり　なかにわたしがいる
うまれおちたホシのもとに
三つの地点から見えない糸がひきあっている
星降りは巨石となり　巨石は星となる
ここで見る石は石　星は星　かみはかみ

ひとの生まれもつホシに
干支をあて　七星のいずれかとむすび
わたしの生まれをめぐりあわせ
天体の運行にわたしをひき入れる
明日のわたしを見透かしている
わたしの吉凶を　陰陽を支配する
ホシたちの罠にはまっている
わたしのホシを畏れるなら
星をまつりなさい　石をおがみなさい
かみにいのりなさい
日びはホシとひびきあっている
あすの我が身を見通す
わたしのもってうまれた
ホシをぐるぐるまわし
ちりちりばらばらに吹き飛ばせ

宙にうかぶわたしのかかわる怨念
が　ひびわれていく
さだめからときはなされ
キョウの虚と実の虚が無になっていく
うまれおちたキョウは今日
うらなう星座は棲んでいるホシダ
わたしの末路が妙見にひっぱられ
わたしのひびがくずれていく
星はわたしをすでに見通しているのだから
虚空《こくう》のホシを見ながら
ただ生きるそぶりをしておけばいい

金堀則夫　かなほり・のりお

詩誌「交野《かたの》が原《はら》」主宰

主な詩集
『想空』一九八七年
『ひ・ひの鉢かづき姫――女子少年院哀歌』一九九六年
『かなのほいさ』二〇〇三年
『神《かん》出《で》来《ら》』二〇〇九年
『畦《あ》放《はなち》』二〇一三年
『ひの土』二〇一七年
新・日本現代詩文庫『金堀則夫詩集』二〇一五年

現住所
〒五七六－〇〇一六　大阪府交野市星田四丁目四番拾号

ひの石《いし》まつり

著者
金《かな》堀《ほり》則《のり》夫《お》

発行者
小田久郎

発行所
株式会社 思潮社
〒一六二―〇八四二　東京都新宿区市谷砂土原町三―十五
電話 〇三（三二六七）八一五三（営業）・八一四一（編集）
FAX 〇三（三二六七）八一四二

印刷・製本
三報社印刷株式会社

発行日
二〇二〇年四月一日